PERROS
Colección de Fotos y Datos

Asesora científica
Diane Kelly
Doctora en Zoología

Traducción: Ana Izquierdo

Kidsbooks®
Copyright © 2017 Kidsbooks, LLC
3535 West Peterson Avenue
Chicago, IL 60659

Todos los derechos reservados, incluyendo el derecho de reproducción parcial o total en cualquier forma o por cualquier medio.

Impreso en China.
071701001SZ

Visítanos en www.kidsbooks.com

Husky siberiano

CONTENIDO

Todo sobre los perros — 6
  Una introducción al mundo de los perros

En buena compañía — 8
  Cómo se domesticaron los perros

De cacería — 10
  Los mejores perros de caza

Perros pastores — 12
  Razas para pastorear ovejas y ganado

Perros trabajadores — 14
  Razas entrenadas para el servicio

Terriers fabulosos — 16
  Pequeños sobresalientes

Cuidado con el perro — 18
  Los mejores perros guardianes

De juguete — 20
  Un vistazo a las razas más pequeñas

Perros de diseño — 22
  Más que mestizos

La hora del espectáculo — 24
  Exhibiendo sus mejores características

Amorcitos — 26
  Como los bebés humanos, los cachorros tienen que aprender y crecer

Mi perro — 28
  Cómo educar y cuidar a tu mascota

Glosario — 30

Índice — 31

Todo sobre los perros

A lo largo de la historia, muchas personas han amado y admirado a los perros por sus características únicas y por su comportamiento. Traen pelotas, lamen caras y mueven la cola de alegría. Los perros también juegan con los humanos, cazan y pastorean animales.

Golden retriever

Braco de Weimar

Snif, snif

¡El sentido del olfato de un perro es casi un millón de veces más sensible que el nuestro! El secreto se halla sobre todo en la forma y el tamaño del interior de la nariz de los perros, que contiene una tremenda cantidad de terminaciones nerviosas y células olfativas.

¡PON ATENCIÓN!

¿Oíste eso? Tú no, pero quizá tu perro sí. Los perros pueden oír muchos sonidos que son demasiado agudos para el oído humano.

Manada de lobos

La familia es importante

Los perros descienden de los lobos, que pertenecen a la misma familia que los coyotes, chacales y zorros. En su ambiente natural, estos cánidos viven y cazan en grupos pequeños y demuestran una firme lealtad a su líder.

La hora de los juegos

Cuando un perro tiene la barriga cerca del suelo y la cadera levantada, significa que quiere divertirse.

Chihuahua de pelo largo

Bulldog inglés

En buena compañía

Los perros y los humanos han vivido juntos durante más de 15,000 años. Es probable que esta relación comenzara cuando los perros salvajes empezaron a buscar comida cerca de los asentamientos humanos. Los animales se fueron haciendo más dóciles, y entonces las personas los conservaron como mascotas. Se considera a los perros "el mejor amigo del hombre" porque son excelentes compañeros.

Siguiendo la señal

Los perros han desarrollado la habilidad de comprender los gestos humanos. Si una persona señala algo, un perro mirará adonde está señalando la persona. Otros animales, como los chimpancés, solo mirarán el dedo de la persona.

Pastor alemán

Perritos A MEDIDA

La mayoría de las razas modernas de perros tienen menos de 500 años de antigüedad, pero hay una gran variedad de formas y tamaños. Los enormes San Bernardo pueden pesar 90 kilos o más, y un pequeño pomerania puede pesar apenas 1.4 kilos.

Listos para pelear

Los humanos comenzaron a criar perros para favorecer rasgos y talentos especiales. Por ejemplo, los shar pei tienen piel suelta y arrugada, y por lo tanto son perros guardianes y de pelea difíciles de atrapar.

San Bernardo

Pomerania

De cacería

Hace siglos, los perros que eran buenos cazadores daban una ventaja muy importante a los humanos que vivían de la caza y la recolección. En la actualidad, las razas cazadoras todavía son apreciadas por sus habilidades especiales y por su temperamento único. Famosos por su inteligencia y agudeza, los retriever de la bahía de Chesapeake son excelentes cazadores de patos.

SETTER

Originalmente se entrenaba a los setter para agazaparse frente a aves de caza para que los cazadores pudieran atrapar a los pájaros con redes. Después aprendieron a señalar. El setter irlandés tiene un pelaje denso que le permite seguir un rastro a través de arbustos y espinos.

Nadar de perrito

No es de sorprender que los Labrador retriever sean excelentes nadadores. Originalmente fueron entrenados para recuperar redes de pesca en las heladas aguas de la costa de Terranova.

Señala el camino

El pointer clásico fue criado en Inglaterra, España y el este de Europa durante el siglo XVII. Su nombre (en inglés) se deriva de la forma en la que se queda perfectamente quieto cuando encuentra su presa, "apuntando" o señalándola directamente.

Pointer alemán de pelo corto

Perros pastores

Durante más de 9,000 años, los perros han trabajado como pastores de ovejas y ganado. La clave para entrenar a un pastor es controlar el deseo natural del perro de cazar. Los buenos pastores acechan a los animales a su cargo e incluso pueden llegar a mordisquearlos, pero jamás los atacan. Por ejemplo, los border collie son tan inteligentes que pueden seguir docenas de instrucciones distintas.

Ver la luz

Los viejos pastores ingleses miran el mundo a través de una cortina de pelo, pero eso no los entorpece. Los perros confían en su olfato y su oído mucho más que en su vista. Y el pelo es una buena protección para los ojos cuando las ovejas en fuga levantan nubes de polvo.

El líder de la manada

El perro ganadero australiano fue criado para ser un pastor perfecto. Desde principios del siglo XIX este perro ha sido famoso por su energía y su lealtad.

INCONFUNDIBLE

El puli, uno de los perros de apariencia más curiosa del reino canino, tiene pelaje interior suave y lanudo, y pelaje exterior largo y crespo. Todos los puli son pastores naturales y saben instintivamente cómo controlar un rebaño de ovejas o ganado.

Perros trabajadores

La lealtad, el valor y los talentos especiales de los perros los hacen perfectos para trabajos que mejoran la vida de las personas. La fuerza y la inteligencia de los pastores alemanes los han convertido en la mejor opción para los departamentos de policía y el ejército. Los pastores alemanes se adaptan a una amplia variedad de comportamientos, desde rastrear sospechosos hasta detectar explosivos, y esto los hace óptimos perros de trabajo.

¡FUEGO!

Conocidos también como perros de bomberos, los dálmatas han acompañado a los apagafuegos desde la época de los coches de bomberos tirados por caballos.

¡Vamos, perrito!

Los conductores de trineos usan unas cuantas órdenes claras para controlar a los huskies siberianos, como "gee" (a la derecha), "haw" (a la izquierda), "line out" (enderezarse antes de moverse) y "hike!" (¡Vamos!).

Ofrecer ayuda

Los Labrador retriever son compañeros maravillosos para las personas con discapacidades físicas. Se les entrena especialmente desde cachorros, y pueden recuperar objetos caídos, abrir puertas y traer comida de gabinetes.

Terriers fabulosos

Desde tiempo inmemorial, los roedores hambrientos han sido una plaga para los agricultores, pues invaden sus graneros y se comen el valioso grano. Los granjeros se defendieron criando terriers, perros pequeños con mandíbulas fuertes que podían pasar por espacios pequeños y ahuyentar a los invasores. El cairn terrier es un perrito animado y resistente, con una expresión zorruna.

Súper veloz

El terrier de Bedlington parece un corderito, pero no te dejes engañar. Estos terriers son especialmente activos. Están hechos para ser veloces.

Valor canino

Los terriers son famosos porque nunca se dan por vencidos, y muchos expertos consideran que, para su tamaño, el Airedale terrier de patas largas es el perro más valiente del mundo.

El Bravucón

El Boston terrier originalmente fue criado para las peleas de perros. En esa época, estos perros miniatura se llamaban bull terriers americanos. Ahora que ese "deporte" es ilegal, los bull terriers son reconocidos como razas separadas.

Boston terrier

Staffordshire bull terrier

EL REY de los PERROS

Ningún guardián aleja a los intrusos más rápido que el regio gran danés, criado en Alemania hace más de 400 años como cazador de jabalíes salvajes.

La guerra y la paz

Los bulldogs fueron ideados originalmente como perros de pelea. Con el paso de los siglos, las cualidades agresivas han sido eliminadas por selección, pero su valor y lealtad permanecen.

Bulldog inglés

Rottweiler

Cuidado con el perro

Los perros han sido guardianes de las casas de sus amos durante siglos. Un mural descubierto en las ruinas de Pompeya, una antigua ciudad italiana, exhibe un feroz perro mostrando los dientes. Debajo de esa temible imagen se encuentran las palabras en latín "*cave canem*" (cuidado con el perro).

Algunos de los perros guardianes más populares son el rottweiler y el doberman pinscher. Los rottweilers se usaban para pastorear ganado y los doberman pinschers antiguamente eran perros policía.

Doberman pinscher

Compañero de armas

En la antigua Bretaña, los mastines pelearon junto con sus amos contra los guerreros romanos de Julio César. Siglos después, cuando el caballero inglés Sir Peers Legh quedó herido en la Batalla de Agincourt, su leal mastín lo defendió durante horas hasta que llegó la ayuda.

De juguete

En el extremo pequeño de la escala se encuentran los perros toy, criados originalmente como mascotas de casa (o castillo) para los reyes, las reinas y los nobles. La idea era producir perros que pudieran ser transportados fácilmente de un lado a otro, o acunados en el regazo.

Los pugs originalmente fueron mascotas de los monjes budistas del Tíbet. Después de ser importados a Europa, se convirtieron en los perros favoritos del rey Guillermo II de Inglaterra, que creía que un pug había salvado su vida en el campo de batalla.

Perro mariposa

El papillon debe su nombre a sus elegantes orejas, que parecen alas de mariposa.

Almas gemelas

El chihuahua, que raramente pesa más de 3 kilos, se remonta a los aztecas del México antiguo. Los aztecas sepultaban a los chihuahuas con los muertos porque creían que estos pequeños perros tenían el poder de guiar a salvo las almas de los humanos por el inframundo.

Un leoncito

Shih tzu significa "león" en chino, pero estos perros, cuyo peso apenas llega a 4.5 kilos, tienen un temperamento dulce y manso.

Tiernos y adorables

Los poodles (o caniches) toy tienen una gran variedad de colores, entre ellos negro, blanco, azul, gris, beige y durazno. Los poodles se encuentran entre los perros más inteligentes, y son mascotas adorables.

Perros de diseño

Aunque los perros de raza pura son muy buenas mascotas, los perros de raza mixta también son excelentes compañeros. Los perros mestizos combinan las características de más de una raza. La mayoría de los mestizos surgen por casualidad, pero algunos criadores combinan a propósito dos razas para crear "perros de diseño". Por ejemplo, el labradoodle (mitad Labrador retriever, mitad poodle) fue criado por primera vez en la década de 1970 para una mujer ciega cuyo esposo era alérgico a los perros.

Perro feliz

Cariñosos y extrovertidos, los cockapoo son el resultado de la cruza entre los amistosos cocker spaniel y los poodles que pierden poco pelo. Interactúan bien con las personas, incluso con extraños y niños pequeños.

¿La mezcla es más saludable?

Los perros de raza pueden heredar problemas de salud. Por ejemplo, la cara plana de los pugs puede causarles problemas respiratorios. Al cruzar pugs y beagles para crear puggles, los criadores esperaban obtener una mascota familiar más sana que aún tuviera la frente arrugada de los pugs.

CUIDADO, COMPRADOR

Hay más de 400 tipos de perros de diseño, y se crean nuevos tipos cada año. Los criadores de estos perros esperan que sus cachorros hereden las mejores cualidades de la raza de cada uno de los padres, pero es posible que obtengan los aspectos indeseables de cada raza. Los chiweenies, una mezcla de chihuahua y perro salchicha, pueden desarrollar problemas en las rodillas debido a su constitución.

Chiweenie

Volando alto

¿Sabías que lanzar un juguete para tu perro puede ser un deporte de competición? En los campeonatos de frisbee con perro, los equipos de humanos y perros compiten en pruebas de distancia, precisión y velocidad. ¡Los perros campeones saltan muy alto para atrapar los discos lanzados por sus compañeros!

Jack Russell terrier

Bueno, mejor, el mejor

En las exhibiciones caninas, los perros machos y hembras se evalúan por separado y se entregan premios en muchas categorías. En las exhibiciones más grandes, los jueces pueden examinar hasta 4,000 perros y seleccionar al mejor de cada raza, al mejor de las siete competencias más importantes y finalmente, al mejor de la exhibición.

Bóxer

La hora del espectáculo

A algunas personas les encanta entrenar a sus perros y llevarlos a exhibiciones para mostrar su potencial. Crufts, nombrada por su fundador Charles Cruft, es una de las exhibiciones caninas anuales más grandes del mundo. En la competencia de agilidad, los perros siguen las órdenes de sus dueños para completar una carrera de obstáculos cronometrada.

¡Y arrancan!

Con velocidades máximas que superan los 64 kilómetros por hora, los galgos son los perros más rápidos de la Tierra. Algunos de estos perros corren deportivamente en las carreras de galgos, pero esta práctica es controvertida.

Pastor de las Shetland

Amorcitos

Los cachorros necesitan atención constante desde que nacen hasta que cumplen 12 semanas. Debe ponerse especial cuidado en su alimentación, socialización y adiestramiento para asegurar que el perro sea feliz y saludable. El juego también es una parte importante de la infancia de los perros.

¡Qué mordidas!

¿Te has preguntado por qué tu cachorro roe tus cosas? Los cachorros muerden objetos duros para ayudarse en la dentición, y practicarán con cualquier cosa a la que puedan hincarle el diente.

Cachorro de beagle

Cachorros de crestado rodesiano

Staffordshire terrier americano

Hablando de cachorros

Aunque los cachorros pueden tener contacto con los humanos cuando cumplen tres semanas de edad, deben permanecer con su madre durante al menos siete semanas.

Dormilones

Durante la primera semana de su vida, los cachorros no hacen nada más que comer y dormir. Hasta la edad de tres meses los cachorros tendrán largas sesiones de sueño profundo.

Cachorros de golden retriever

Mi perro

Las personas que quieren adoptar un perro tienen muchas opciones. Pueden comprar un perro de raza de un criador que eligió cuidadosamente a los padres del cachorro. O pueden adoptar un perro sin hogar en una sociedad humanitaria o una asociación de rescate. Lo importante es encontrar el perro adecuado para ti y tu familia. Las personas que eligen un perro deben buscar uno que parezca alegre, vital y sano.

El alumno consentido

Los expertos dicen que todos los perros deben aprender a obedecer cinco órdenes básicas: sentado, échate, quieto, ven y suelta. Se debe felicitar a los perros con cariño y premios cuando responden adecuadamente.

De guardia

Los perros necesitan visitar regularmente al doctor, ¡como las personas! Los perros deben vacunarse contra enfermedades comunes y recibir refuerzos cada año.

Cavalier King Charles spaniel

La hora de la comida

Bulldog inglés

Como los humanos, los perros necesitan comer alimentos adecuados y beber suficiente agua. A los perros les encanta masticar huesos, pero no todos los huesos son buenos para su salud. Nunca des a un perro huesos que puedan astillarse, como los huesos de pavo o de cerdo: pueden dañarlo gravemente si se los traga.

GLOSARIO

agilidad: competencia en una exhibición canina donde los perros siguen las órdenes de sus amos para superar una carrera de obstáculos cronometrada.

agresivo: que puede atacar; listo para la lucha.

azteca: pueblo mesoamericano que dominaba en México antes de la conquista española en el siglo XVI.

cachorro: perro bebé. Los cachorros, como los bebés, necesitan atención constante, así como cuidados especiales para su alimentación y socialización.

cairn terrier: raza nombrada por su habilidad para obligar a animales pequeños a salir de los *cairns*, pequeños montones de roca que los escoceses utilizaban para marcar monumentos o límites.

cánidos: familia de animales carnívoros que abarca a los lobos, chacales, zorros, coyotes y perros domésticos.

caninos: miembros de la familia Canidae. Ver cánidos.

cave canem: palabras en latín que significan "cuidado con el perro".

caza: animales salvajes o aves buscados y matados para alimento o por deporte.

compañía: sentimiento de cercanía y amistad. Los perros son muy leales y son buenos compañeros.

crespo: grueso y rizado.

de raza pura: un animal cuyos ancestros son todos de la misma raza.

dócil: obediente, fácil de controlar.

doméstico: animal que está acostumbrado a vivir con los humanos; amansado.

entrenamiento de perros: enseñarle a un perro a realizar determinadas acciones como respuesta a ciertas órdenes que el perro aprende a comprender.

mestizo: perro que es resultado de la mezcla de dos o más razas.

mordisquear: morder suavemente o pellizcar con los dientes.

órdenes: acciones que las personas enseñan a los perros. Los expertos dicen que los perros deben aprender las órdenes de sentado, échate, quieto, ven y suelta.

papillon: término que proviene del francés y significa "mariposa".

pelaje: el pelo externo de un perro.

pelea de perros: competencia entre dos perros criados y entrenados para pelear.

perros de trineo: perros entrenados para tirar de un trineo. Los huskies siberianos normalmente son entrenados como perros de trineo.

rasgo: característica o cualidad que distingue a un animal de otro.

raza de perros: grupo de perros domésticos emparentados cercanamente y visiblemente parecidos.

raza de trabajo: grupo de perros criados para llevar a cabo trabajos como ser guardianes de propiedades, tirar de trineos o realizar rescates en el agua.

resistencia: aguante.

roer: morder o masticar una y otra vez. Los cachorros pasan por una etapa en la que roen casi todo.

socialización: proceso mediante el cual un cachorro aprende a convivir con otros perros.

sociedad humanitaria: asociación dedicada a la promoción de ideales humanitarios, especialmente en el trato a los animales. Algunas sociedades humanitarias ofrecen adopción, divulgación, entrenamiento e investigaciones benéficas.

sumisión: acto de rendirse o ceder.

temperamento: comportamiento general de un perro, o su forma de responder.

tenacidad: determinación.

toy: perro de una raza muy pequeña o de una variedad más chica que el estándar de su raza. A los perros toy más pequeños a veces se les llama de tamaño taza o tacita de té.